Gavril Derzavin

Gedichte

Gavril Derzavin

Gedichte

ISBN/EAN: 9783743368972

Hergestellt in Europa, USA, Kanada, Australien, Japan

Cover: Foto ©Andreas Hilbeck / pixelio.de

Manufactured and distributed by brebook publishing software (www.brebook.com)

Gavril Derzavin

Gedichte

Gedichte

des Herrn Staatsraths
von Derschawin.

Aus dem Russischen übersetzt

von

A. v. Kotzebue.

Leipzig,
bey Paul Gotthelf Kummer,
1793.

Gedichte

des Herrn Staatsraths
von Derschawin.

Aus dem Russischen übersetzt
von
A. v. Kotzebue.

An die liebenswürdigen Prinzessinnen von Baden.

Unter einem milden Himmel,
Wo die Sonne wärmer lächelt,
Blühet nah' an Euren Gränzen
Eine böse giftge Pflanze:
    Zwietracht, Aufruhr ist ihr Name.

Unter einem rauhen Himmel,
Wo sich Eisgebürge thürmen,
Blühet eine schöne Bluhme:
Unterwerfung den Gesetzen,
    Und den Fürsten Lieb' und Treue.

Diese Lieder sind entsprossen,
Wo die Heldin auf dem Throne,
Unsre Mutter, Eure Mutter,
Jede schneebedeckte Fichte
    In den Lorbeerbaum verwandelt.

So wie diese Lieder singen,
Denkt ein jeder braver Russe:
Seyd willkommen, Fürstentöchter!
Von dem Schicksal auserkohren,
 Unsre Liebe einst zu theilen.

Gleichet einst dem Mutterbilde,
Das vor Euren Augen schwebet.
Fodert nicht den Eid der Treue,
Russen, unter solchem Scepter,
 Bleiben treu auch ohne Schwüre.

Kotzebue.

Vorbericht.

Die Deutschen sind noch so unbekannt mit der russischen Litteratur, daß ich dem Publikum mit diesen Gedichten ein Geschenk zu machen glaube. Zwar thue ich es schüchtern, und meiner eignen Schwäche kundig; denn Herr von Derschawin ist der russische Klopstock, und daher für einen Ausländer schwer zu verstehen. Doch schmeichle ich mir, durch diesen Versuch wenigstens den Deutschen zu zeigen, welche Fortschritte die Russen auf dem steilen Pfade zum Musenberge gemacht.

Da der Versuch, das Gedicht Felizens Bild in gereimte Verse zu bringen, mir nach dem Urtheil der Kenner nicht ganz geglückt ist; so habe ich alle übrige Gedichte reimfrey übersetzt, und kein Gedanke des Dichters ist verloren gegangen. Der Leser wird übrigens fin-

finden, daß die russische Muse sich dem orientalischen Styl nicht selten nähert, und wird daher auch sein Urtheil in Rücksicht auf diesen Geschmack bestimmen.

Was vielleicht Diesem oder Jenem Schmeicheley scheinen möchte, ist Herzenssprache eines jeden Russen.

Geschrieben zu Reval, den 1. Februar 1793.

Inhalt.

Ode an die weise Zaarin der Kirgis-Kosacken Felize. Seite 1

Felizens Bild. 16

Dank an Felizen. 40

Der Traum des Murfa. 43

Lyrischer Gefang der Ruſſen nach der Eroberung von Ismail. 54

Ode an Gott. 74

Ode an Stepan Waſiliewitſch Perfilieff auf den Tod des Fürſten Meſchtſchersky. 80

Inhalt.

Die Grebenewskische Quelle. . . . . Seite 85

An Kalliopen. 88

Wiegenlied des in Norden im Purpur gebohrnen Knaben. 95

An meinen Nachbar. 100

Ode
an die weise Zaarin der Kirgis-Kosacken,
Felize.

Gedichtet von einem tatarischen Mursa. (¹)

Zaarin der Kirgisen Horden!
Deine Göttergleiche Weisheit
Hat dem jungen Fürstensohne (²)
Einen sichern Pfad enthüllet,
Jenen Felsen zu erklimmen,
Wo die Rose ohne Dornen
Blühet, und die Tugend wohnet.
Meinen Geist hast Du gefesselt,
Laß mich Rath und Lehre finden.

Unter-

(1) Mursa heißt so viel als Edelmann. Dieser Character ist nicht angenommen; der Verfasser ist wirklich von Geburt ein tatarischer Mursa.

(2) Eine Anspielung auf das Mährchen vom Zarewitsch Chlor, dessen erhabene Verfasserin bekannt ist.

Unterrichte mich, Felize, (³)
Wie man brav und ehrlich lebet,
Wie man Leidenschaften bändigt,
Und das Glück sich zugesellet.
Ha! mich rufet Deine Stimme,
Und Dein Sohn ist mein Begleiter;
Doch zu schwach um ihm zu folgen,
Wühlend in des Lebens Wirrwar,
Prahl' ich heute selbstzufrieden,
Morgen der Begierden Knecht.

O wie ungleich Deinem Mursa
Wandelst Du zu Fuß bescheiden!
O wie einfach Deine Speisen
Auf der ungeschmückten Tafel!
Minder karg mit Deiner Ruhe,
Wenn Dein Schreibepult Dich ladet,
Und aus Deiner Feder fließet
Wonne allen Sterblichen.
Du verschmähst die Kartenspiele,
Die mich fesseln Tag und Nacht.

Du

(³) Unter dem Namen Felize versteht man hier die Weisheit, und ihren Sohn die Vernunft.
       Anm. des Originals.

Du verschmähst die Maskenbälle,
Wirst auf jedem Klubb vermisset,
Liebest Wohlstand, edle Sitte,
Spielest nicht den Dom Quixotte,
Sattelst nicht den Pegasus.
Fliehst der schönen Geister Cirkel,
Wandelst nicht vom Thron nach Osten,
Sondern gehst den Pfad der Sanftmuth,
Deine Seele füllet Wohlthun,
Nutzen ist Dein großes Ziel.

Aber ich — bis Mittag schlafen,
Tabak rauchen, Kaffee trinken,
Jeden Tag zum Festtag machen,
Grillen fangen und Schimären;
Jezt die Perser kühn besiegen,
Jezt den Pfeil auf Türken drücken;
Jezt mich einen Sultan träumen,
Welten vor mir zittern sehen;
Plözlich dann zum Schneider laufen,
Mir ein neues Kleid zu holen;

Dann zu einem Gastmahl wandeln,
Wo man prächtig mich bewirthet,
Wo der Tisch von Silber strotzet,
Und von tausend Leckerbissen;
Hier ein Schinken aus Westphalen,
Dort ein Fisch aus Astracan,
Plow, Piroggen, (⁴) Waffelkuchen,
Und der schäumende Champagner;
Alles rings um mich vergessen
Unter süßen Wohlgerüchen;

Oder in des Haines Mitte,
Wo die Quelle lieblich murmelt,
Bey der Harfe sanften Tönen,
Von dem Zephyr leis' umwehet,
Wo mir Alles Wollust athmet,
Meine Sinne lieblich fesselt,
Bald ermattet, bald erfrischet,
Auf dem Sammtbedeckten Divan
Einem jungen schönen Mädchen
Liebe in den Busen flößen;

Oder

(4) Plow, ein persisches Gericht, aus Reiß, Rosinen und Hühnern bestehend.
Piroggen, eine russische Nationalspeise, sehr fett und ungesund.

Oder in dem goldnen Wagen,

Stolze Rosse vorgespannet,

Zwischen Hunden, Narren, (⁵) Freunden,

Oder jungen hübschen Dirnen,

Unter Schaukeln (⁶) lustig fahren;

Süßen Meth in Krügen (⁷) trinken;

Oder wenn der Ueberdruß

Den Veränderlichen quälet,

Mit der Mütz' auf Einem Ohre,

Mit dem raschen Träber fliegen. (⁸)

Oder jenen Sängern lauschen,

Dudelsack und Orgel hören;

Oder an Kulackenschlägern (⁹)

---

(5) Die Sitte, einen Narren um sich zu haben, wenn er auch eben keine Schellenkappe trägt, ist in Rußland noch sehr gemein.

(6) Die Schaukeln sind eine öffentliche Volksbelustigung, vorzüglich in den Osterfeyertagen, wo Geringe und Vornehme sich einfinden; die Erstern, um sich schaukeln zu lassen, die Letztern, um zuzusehn.

(7) Ein Krug, so viel als ein Wirthshaus.

(8) Eine Winterlustbarkeit. Es sind kleine niedliche Schlitten, mit sogenannten Trabern bespannt, die oft eine Art von Wettrennen halten. Unter den jungen Herren gehört diese Liebhaberey zum bon ton.

(9) Kulacken kommt dem englischen Paren sehr nahe.

Und am Tanzen mich ergötzen;
Oder frey von allen Sorgen,
Unter dem Gebell der Hunde,
Fahren, reiten auf die Jagd;
Oder an der Newa Ufern,
Wenn bey Nacht die Hörner tönen,
Flinke Ruderknechte schauen; (10)

Oder auch mit meinem Weibgen
Fein zu Hause Durack spielen, (11)
Auf die Taubenhäuser klettern,
Bald als Blindekuh uns jagen,
Bald mit Swaika uns belust'gen, (12)
Bald uns in den Köpfen krauen; (13)
Oder auch in Büchern wühlen,
Und Verstand und Herz erleuchten,

Den

---

(10) Eine sehr reizende Belustigung an schönen Sommerabenden, wo niedliche Schaluppen, mit Musik besezt, oft die Newa decken.

(11) Durak, ein Kartenspiel, ungefähr wie Schnipp-Schnapp-Schnurr, oder Bettelmanns.

(12) Swaika, ein Spiel, wo ein eiserner Stift nach einem Ringe geworfen wird.

(13) Ein Zeitvertreib selbst der vornehmsten Russen.

Den Polkan und Bowa lesen, (¹⁴)
Aber bey der Bibel gähnen.

So verkehrt bin ich, Felize!
Doch mir gleichen meine Brüder;
Was ist ein berühmter Weiser?
Jeder Mensch ist eine Lüge.
Er verfehlt den Weg des Lichtes,
Hascht nach bunten Schattenbildern;
Zwischen Faulen oder Zänkern,
Zwischen Eitelkeit und Laster,
Findet er vielleicht durch Zufall
Unverhofft den Pfad der Tugend.

Aber wer kann Schwache strafen,
Wenn sie öfter sich verirren,
Wo sogar die Weisheit stolpert,
Und den Leidenschaften fröhnet,
Wo gelehrter Dunst wie Nebel
Uns die Augen oft verblendet,
Schmeichler und Verleumder wohnen,
Und die Wollust uns vergiftet —
Ach!

(14) Alte Volksmährchen.

Ach! wo wächst der Tugend Bluhme?
Wo die Rose ohne Dornen?

Du allein, o weise Zaarin!
Schaffest Licht aus Finsternissen;
Chaos theilest Du in Sfären,
Ueberschaust das große Ganze,
Harmonie in allen Theilen;
Zwingst die wilden Leidenschaften,
Glück des Menschen zu befordern;
So durchschiffet Meer und Wellen,
Sturm in seine Segel fangend,
Der erfahrne Steuermann.

Du allein beleidigst Keinen,
Hassest Keinen, kränkest Keinen,
Siehst den Narren durch die Finger,
Duldest nur das Böse nicht.
Fehler besserst Du mit Sanftmuth,
Würgest nicht, wie Wolf die Schafe,
Menschen, deren Werth Du kennest;
Sie sind Königs Unterthanen,

Mehr noch Gottes, der da hauchte
Seinen Geist in Dein Gesetz.

Du erkennest die Verdienste,
Krönst den Würdigen mit Ehre;
Du verachtest den Poeten,
Der nur Reime flechten kann.
Doch der Leyer sanfte Töne,
Der Kalifen Ruhm besingend,
Die erhabne Kunst der Musen,
Die so lieblich und erquickend,
Wie ein frischer Trunk im Sommer,
Ihr ist unsre Zaarin hold.

Es verkünden tausend Zungen
Die Herablassung und Milde
In Geschäfften wie in Scherzen;
Eines Freundes treue Freundin,
Einen Feind mit Würde tragend,
Und erhabner als Dein Ruhm!
Daß man Dich die Weise nenne,
Willst Du nicht, und leihest gerne
Dem Dein Ohr, der Wahrheit spricht.

O wie selten unter Fürsten,
Aber Deiner Weisheit würdig,
Wenn Du edel Deinem Volke,
Insgeheim und offenkündig,
Gern verstattest frey zu denken,
Und zu reden was es wolle,
Wahres, Falsches, selbst von Dir!
Den Verächtern Deiner Güte,
Undankbaren Crocodillen,
Ist allein Verzeihung Strafe.

Weinet süße Freudenthränen,
Ihr beneidenswerthen Menschen!
Die ihr wohnet, wo des Friedens
Engel in dem Purpurlichte
Euch, ihr Glücklichen, beherrschet;
Wo bey frohen Trinkgelagen,
Ohne Furcht für Lebensstrafe,
Man sich in die Ohren flüstert, (15)

                                                      Oder

---

(15) Mit Schaudern erinnert man sich noch der Zeiten, wo jeder Sklave seinen Herrn um Ehre und Leben bringen konnte, wenn er **das Wort** über ihn rief.

Oder keinen Becher leeret
Auf des Königs Wohlergehn. (¹⁶)

Dort ist euch vergönnt, den Fehler
Aus der Schrift mit ihrem Namen
Zu radiren, und ihr Bildniß
Unvorsichtig hinzuwerfen; (¹⁷)
Dort ist keine Narrenhochzeit, (¹⁸)
Und kein Schwitzbad auf dem Eise;
Edlen schlägt man keine Schnippchen,
Fürsten gluckſen nicht wie Hennen,
Und kein Favorit beschmieret
Ihnen das Gesicht mit Ruß. (¹⁹)

Du, Felize, ehrst die Rechte
So des Bettlers als des Fürsten;
Fern von niedern Spöttereyen
Weißt Du ohne Hohn zu bessern,

Und

(16) Sich zu einem Gastmahl niedersetzen, ohne die Gesundheit der Kaiserin zu trinken, war ein Verbrechen.

(17) Radiren, in einer Zeile, in welcher der Name der Kaiserin vorkam, oder ihr Bild auf die Erde fallen lassen — zwey grose Verbrechen!

(18) Die Narrenhochzeit unter Peter dem Ersten, zu welcher auch das Schwitzbad auf dem Eise gehört, ist bekannt.

(19) Lauter sklavische Belustigungen aus dem rohen Zeitalter.

Und in Deinen Ruhestunden
Lehrest Du in Fabelbildern
Deinen Chlor im A B C:
»Fliehe, Fürstensohn, das Laster!
»So wird auch des Satyrs Tücke
»Stets vor Dir zum Lügner werden!«

Du verschmähst den Namen Grosse!
Willst geliebt seyn, nicht gefürchtet;
Nicht wie eine wilde Bärin,
Die das Blut der Thiere trinket.
Nur wenn böses Fieber wütet,
Nur in höchster Noth bedienet
Dann der Arzt sich der Lanzette;
Nur Tyrannen können wünschen,
Einem Tamerlan zu gleichen;
Aber Du — ein Gott an Güte!

Eines Gottes Ruhm der Deine!
Der den Krieg in Frieden wandelt,
Und die vaterlosen Waisen
Sättiget, bedecket, kleidet,

Und mit seinem hellen Blick
Thoren so wie Edlen leuchtet,
Dem Gerechten wie dem Schurken
Seine Sonne scheinen läßet;
Kranke heilet, alles Gute
Schaffet um des Guten willen.

Der dem Volke Freyheit schenket,
Fremde Länder zu durchstreifen,
Oder Berge durchzuwühlen,
Gold und Silber aufzusuchen,
Die Gewässer zu befahren,
Und die Wälder umzuhauen;
Der da lehret spinnen, weben,
Hand und Geist zugleich entfesseln,
Handel, Künste, Weisheit lieben,
Glück in seiner Heimath finden.

Das Gesetz ist seine Rechte,
Gnade hält er in der Linken —
Sprich! o sprich! wo unterscheidet
Man den Schelm vom Biedermanne?

Felizens Bild.

O Raphael! dem keiner noch geglichen!
Du Schöpfer in der Maler Welt!
Der einst mit kühnen Pinselstrichen
Der Gottheit Bild uns dargestellt;
Hat deine Zauberkraft, was Spöttern
Ganz unerreichbar dünkt, erreicht;
So male mir ein Bild, das Göttern,
Das meiner großen Zaarinn gleicht.

Komm, bilde mir die edlen Züge,
Den Wuchs, die Stellung, groß und frey,
Daß die Entfernung ich betrüge,
Und sie mir immer nahe sey;
Daß Geist und Herz ihr Auge fülle,
Ein schön verschwistert Götter-Paar!
Den Engel in der Menschenhülle,
Felizen stelle so mir dar.

Dem heitern Himmel gleich im Lenze,
So sey ihr Auge freundlich blau,
Daß es durch Nacht und Dunkel glänze,
Erquickend wie der Morgenthau.
Ihr sanftes Lächeln mußt Du bilden
Wie Morgenroth, sie stehe da
Wie einst in Edens Lustgefilden
Der erste Mensch die Palme sah.

Und wie die Palme sanft sich beuget
In stiller Größe, ohne Zwang,
Wenn sie den Blüthen-Gipfel neiget,
So male ihren edlen Gang.
Laß braunes Haar die Stirn beschatten,
Und ihres Busens Lilien-Grund;
Laß Lieb' und Weisheit sich begatten
Wie Rosenduft auf ihrem Mund.

Gieb ihrem Auge Seelengröße,
Und ihren Blicken Heldenmuth,
Und in ihr ganzes Bild verflöße
Den Ausdruck: Sie ist groß und gut.

Mit Würde weiß ihr Mund zu scherzen,
Und sanft ist ihrer Stimme Klang;
Durch Liebe fesselt sie die Herzen,
Ihr Name ist ein Lobgesang.

Im Helm und güldnen Harnisch bilde
Sie stolz befiedert, männlich schön;
Die Sonne strahl' im blanken Schilde,
Laß Zephyrs Hauch durch Locken wehn;
Laß unter ihr das Roß sich bäumen,
Und schnaubend sein Gebiß beschäumen — —
Wer ist der Alte, der bereit
Als Herrscherin sie staunend preist?

Der Norden ist's! Zu ihren Füßen
Liegt Diadem und Scepter schon;
Von Millionen laut gepriesen,
Besteigt sie nun den Herrscherthron.
O seht! wie sie in jedem Stande
Die alten Fesseln kühn zerbricht!
Nur Lieb' und Freyheit sind die Rosenbande,
Die sie um ihre Kinder flicht.

Zahl-

Zahllose Nationen eilen,
Dem Thron der Mutter sich zu nahn;
Er steht auf zwey und vierzig Säulen,
Er reicht vom Taimur zum Kuban;
Und in acht großen Meeren spiegelt
Sich jener ew'ge Sternentanz;
Der Morgen Purpurroth beflügelt
Leiht diesem Bilde sanften Glanz.

Dort ist ihr Palast! uns beschützen
Dort ihre Sorgen früh und spät;
Dort, Künstler, male mit Felizen
In eines Gottes Majestät!
Herab von ihrem Throne steigend,
Mit dem Gesetzbuch, das sie schuf:
Es liest die Welt, bewundernd, schweigend,
Des Volkes Stimm' und Gottes Ruf.

Herbey! ihr wilden Nationen!
In Blätter, Rinde, Federn, Haar
Gekleidet, hört ihr Millionen!
Herbey zu ihrem Dankaltar! —

Sie kommen, horchen jenem süßen
Zurufe, der uns Wonne gab,
Und von den braunen Wangen fließen
Die Freudenthränen still herab.

Sie fließen, und die Völker fühlen
Ihr Glück mit jedem Tage neu;
Der Afterfreyheit Gaukelspielen
Entsagen alle froh und frey.
Der blonde, rothbehaarte Finne
Verlasse Meer und Räuberschaar;
Der Hunne, schmalgeaugt, gewinne
Sein Korn, wo vormals Sumpf nur war.

Sie spricht — o zögert, schnelle Stunden! —
Sie spricht: »Ich suchte euer Glück,
»Ich habe es gesucht, gefunden,
»In euch, für euch — jetzt schaut zurück!
»Lernt, was ihr seyd und waret, schätzen;
»Das Glück ist euer Eigenthum,
»Indem ihr eigenen Gesetzen
»Gehorcht, und gründet euern Ruhm.

»Das

»Das Recht zu denken sollt' ich euch versagen?
»Nein, euer sey dieß schöne Recht;
»Die Stirn soll nicht mehr an den Boden schlagen, (*)
»Der Unterthan sey nicht mein Knecht;
»Ein Jeder bringe seine Klage
»Mit Zuversicht vor meinen Thron,
»Und wo er Mängel fand, da sage
»Er's frey, denn Jeder ist mein Sohn.

»Euch zu berathen, zu versammeln
»In meiner Schöpfung weitem Reich,
»Und eurer Wohlfahrt Wünsche stammeln
»Vor meinem Thron, erlaub' ich euch.
»Ihr möget unparteyisch schlichten,
»Was eure Ruh' und Eintracht stört;
»Euch soll nur der gesetzlich richten,
»Den eure eigne Wahl begehrt.

»Die Dichter mögen Possen schreiben,
»Die Wunderthäter oft und viel
»Ihr Wesen mit den Geistern treiben,
»Ihr lächerliches Gaukelspiel;

(*) Russische Volkssitte, sich auf die Erde zu werfen, und mit der Stirn den Boden zu berühren.

»Wer nur nicht Böses thut, der thue
»Was ihm beliebt, es gilt mir gleich;
»Denn meiner Sorgen Zweck ist Ruhe
»Und Glück und Wohlstand über euch.«

So sprach sie, und es schwamm in Zähren,
Der Seelengröße voll, ihr Blick;
Das Chaos wandelt sich in Sfären,
Ihr Wort gebietet dem Geschick!
Und Königreiche schafft der Glaube
An ihre Macht und Huld, sie spricht,
Und Städte steigen aus dem Staube:
Es werde Licht! es werde Licht!

Gleich lieblich jungen Sommertagen,
So mahle mir die neue Welt,
Wie sie hervor aus Nacht und Dunkel ragen,
Der Wald, der Berg, der Thurm, das Zelt:
Wie ihre Spitzen golden flimmern,
Ihr Bild in den Gewässern bebt;
Paläste schuf ihr Wink aus Trümmern,
Die Schöpfung regt sich! Alles lebt!

Dort

Dort seh' ich einen Tempel strahlen,
Und hör' ein sanftes Engelchor;
Wie Wolken sich am Himmel malen,
So dampft hier Wohlgeruch empor.
Seht wie zum Sitz der Weltregierung,
Zu Gottes Thron empor sie schaut;
Ihr Auge ist von frommer Rührung
Mit einer Thräne sanft bethaut.

O, Himmel! sende deinen Segen
Gleich deiner Sonne Strahl herab!
Streu ihr auf allen ihren Wegen
Die schönsten Blumen bis ins Grab!
Erhöre diese fromme Bitte!
Nie sey umwölkt Felizens Blick!
Und jeden ihrer frohen Schritte
Bezeichne hohes Erdenglück!

Wie die Natur sich neu verjünget,
Der Hirte bläst, die Heerde hüpft;
Das Lamm um seine Mutter springet,
Der Bienenschwarm auf Blüthen schlüpft:

Wie junge Saaten aus der Erde keimen,
Gewiegt, gewogt, von sanfter Hand;
Wie hinter Schiffen stolze Wellen schäumen,
Gleich Felsen von geschliffnem Diamant;

Wie dort der Rennbahn Donnerwagen,
Das Jauchzen mir entgegen tönt;
Der Reuter kühn, vom Wirbelwind getragen,
Den Bogen spannt, die Wolken höhnt,
Indem ein Pfeil gen Himmel schwirret,
Vom folgenden durchschnitten schon;
Das Alles male froh verwirret
Und bunt gemischt vor ihrem Thron.

Sie selbst auf diesem Throne sitzend,
Sey, Künstler, kühn von dir gemalt,
Im Kaiserschmuck von Diamanten blitzend,
Vom Glanz der Augen überstrahlt;
Ja, dieser Blick, der über Meer und Erde
So groß, so allumfassend schwebt,
Spricht zu der Schöpfung laut: es werde!
Und Alles webt! und Alles lebt!

Von Mursen, Paschen und Vezieren
Hat sie die würdigsten erwählt;
Das graue Haar und Weisheit zieren
Den Divan, den ihr Blick beseelt;
Er wandelt auf der Wahrheit Pfaden,
Gesetze sind sein Heiligthum,
Mit einer edlen Last beladen,
Der Völker Glück, Felizens Ruhm!

Im Kreiß der Edlen, an der Spitze
Der Weisen, blendend wie der Schein
Des Allbeherrschers, thront Felize,
Schärft ihnen Menschen-Wohlfahrt ein:
»Ihr,« spricht sie, »seyd mir nur verhaßter,
»Gebricht zum Guten euch die Kraft;
»Denn wisset, daß der Großen Laster
»Dem ganzen Volk Verderben schafft.

»Mit Eiden sollt ihr nimmer spielen,
»Stets heilig sey euch eure Pflicht;
»Laßt eure schwersten Fesseln fühlen
»Den ränkevollen Bösewicht.

»Den Richter macht, wo die Gesetze schlafen,
»Zum Räuber die Partheylichkeit;
»Es sey auch ohne Wehr' und Waffen
»Des Bürgers Ruh' in Sicherheit.«

So, Künstler, male mir dieß Auge,
Daß es durchdringe Herz und Brust,
Aus unsern Blicken Thränen sauge,
Des Dankes Thränen und der Lust!
Vor dem sich aller Knice beugen,
Gott ähnlich sey Felizens Bild!
Selbst dann wann ihre Donner nicht mehr schweigen,
Gerecht und weise, gnädig, mild.

Mit Gras verwachsen laß die Pfade
Zum Tempel der Gerechtigkeit;
Dort hänge stets die Wage grade,
Und selten sey der Bürger Streit;
Liebkosend male Gnad' und Wahrheit,
Von Fried' und Ruhe sey dein Bild erwarmt,
Und der Gesetze Macht und Klarheit
Von dem Gewissen brüderlich umarmt.

Das

Das Elend ihres Volks zu lindern
Wenn es ihr Mutterherz zerreißt,
Und jedes Uebel zu verhindern,
Ist immer wach ihr großer Geist.
Schutz darf auch der Entfernte hoffen,
Denn Brief und Bitte nimmt sie an,
Und ihr Palast ist immer offen
Für den bedrängten Unterthan.

Gleich einem Sonnenstrahl am Morgen,
Gleich einem Blitz in finstrer Nacht,
Wird, was im Herzen tief verborgen,
Durch ihren Blick an's Licht gebracht;
Und wo ein Mensch unschuldig leidet,
Da ruft er sie mit Zuversicht;
In eines Engels Huld gekleidet
Erscheinet ihm ihr Angesicht.

Dein kühner Zauberpinsel stelle
Das Heiligthum der Gottheit dar,
Wo stets auf der geweihten Schwelle
Ein heilges Schweigen Wächter war;

Wo

Wo das Geheimniß mit dem Finger winket,
Und auf den Mund das Siegel drückt,
Die Pflicht nie aus dem Kelch der Leidenschaften trinket,
Die Redlichkeit den Vorsitz schmückt.

Der kleinen Seelen Stolz verbannend,
Lehnt sie an Zoroasters Bild sich an,
Mit ihrem Blick die Welt umspannend,
Den sternbesäten Ocean:
Dort spricht sie: »Du, der du die Feder
»Regierest in der Welten Uhr,
»Der Du bewegst die schnellen Räder
»Der unermeßlichen Natur!

»Du bist die Seele dieser Welten,
»Die ihnen Kraft, Bewegung leiht;
»Du wirst einst strafen und vergelten
»Von Ewigkeit zu Ewigkeit!
»Ein Wink von Dir — und es entstehet
»Aus Nichts ein mächt'ges Königreich;
»Ein Wink von dir — und es vergehet
»Dem Schein der Abenddämmrung gleich.

O,

O, lehre mich die zarten Triebe
»Der Huld und Gnade immer neu!
»Daß ich in dir die Tugend liebe
»Und Menschenglück auch mein Glück sey;
»Daß jeder Tag mit sanfter Milde
»Und edlen Thaten sey vollbracht;
»Daß ich mit Liebe übergülde
»Den schweren Scepter meiner Macht.

»Für jede Thräne die geflossen,
»Für einen jeden Tropfen Blut,
»Den meine Bürger einst vergossen,
»Fordr' ich, erhitzt von edler Glut,
Dich, meinen Richter auf! sey Zeuge
»Wie ich geführt den Herrscherstab;
»Und war ich schuldlos, o, so neige
»Dich gnädiglich zu mir herab!« —

O, daß dein Pinsel auch zu malen wisse,
Was jener finstre Blick verschließt,
Wie sie die blutigen Beschlüsse
Von Krieg und Tod mit Schaudern liest;

Wie

Wie sie nach langem Gegenstemmen,
Nur zögernd ungern sich erklärt;
Wie jedes Wort mit Thränen weg zu schwemmen
Ihr edles, großes Herz begehrt.

Doch lächelnd voller Huld begrüsse
Sie jeden der von Gnade sprach,
Und hinter jedem Federzuge fließe
Der Volkes Wohlfahrt goldner Bach;
Daß er vom Throne sich ergieße
Gleich einem reichen Wasserfall,
Daß Menschen Elend er versüße,
Und labe Völker ohne Zahl.

Ich sehe wie des Wohlthuns Freude
Mit Segen deckt ihr ganzes Land,
Ich seh', ich sehe die Gebäude,
Wo stets der Arme Zuflucht fand;
Wo sie den Hungrigen mit Speisen,
Den Durstigen mit Trank erquickt,
Und pflegt und wiegt verworfne Waisen,
Durch Unterricht das Volk beglückt. (*)

(*) Anspielungen auf das Findlingshaus, Normalschule u. s. w.

Wo sie an uns geknüpft durch starke Bande,
Ihr Daseyn ihren Pflichten weiht,
Im grünen strahlenden Gewande
Aus ihrem Füllhorn Saamen streut.
Wie Feuerfunken läßt sie regnen
Die goldnen Körner auf die Erde hin;
Erwachend und zur Sonne flatternd, segnen
Die jungen Adler die Beschützerin.

Wie sie aus Schnee und Eise locket
Der Rose und der Lilie Duft;
Wie auf dem Meer der Schwan frohlocket
In einer warmen Frühlingsluft,
Das male mir, und jenen Schaaren
Der Kraniche im Frühling gleich,
Laß fremde Völker über Meere fahren,
Zu wohnen in Felizens Reich.

Dort hat sie, statt dem Dankaltare,
Der ihrem Ruhm mit Recht gebührt,
Bescheiden groß dem großen Zaare
Ein edles Denkmal aufgeführt.

Es jauchzen die Bewohner dieses Strandes!
Ihr Jauchzen tönt der Wiederhall zurück:
»Der Vater unsers Vaterlandes!
»Er steht vor unserm trunknen Blick!« (*)

Laß dieses Jauchzen nach und nach verhallen,
Dem Donner gleich, im Thal der Zeit;
Felizens Ruhm verdoppelt dann erschallen
Im ungemeßnen Raum der Ewigkeit!
Die Nachwelt ruft mit Millionen Zungen:
»Groß ist, wer fremde Tugend schätzt;
»Doch größer, wer Altäre sich errungen,
»Und sie bescheiden einem andern setzt.«

Wie Könige nach Weisheit dürsten
In jener grauen Zeit des weisen Salomon,
So male mir die Wallfahrt fremder Fürsten
Zu meiner großen Zaarin Thron.
Des Volkes froher Taumel nenne
Die Grosse sie, die Göttliche!
Sie sanft erröthend laut bekenne:
»Ich bin nur eine Sterbliche!«

Wie

───────────
(*) Die herrliche Statüe Peters des Großen.

Wie dort beschattet von dem Lorbeerbaume,
Der an die Wolken ragt, und beide Pole mißt,
Umarmt von einem süßen Traume,
Der Riese sanft entschlummert ist;
Wie seine Brust gleich weissem Marmor strahlet,
Die Wange glühend wie der Morgensonne Rand;
So sey Felize ruhend abgemalet,
Den halben Erdkreiß unter ihrer Hand.

Nichts schade ihrem theuren Leben,
Und furchtlos trinke sie auch Gift;
Es wende seinen Blick mit Beben
Der Tod von ihr; wo seine Sense trifft,
Da klinge sie in leeren Tönen,
Denn unverletzlich sey ihr großer Geist,
Erhört das Lallen von Millionen Söhnen,
Wenn ihr Gebet Felizen preißt.

Das Schicksal ehrt in ihr den Ueberwinder,
Selbst Krankheit weichet ihrer Macht;
Den Gatten schenkt sie halbverlorne Kinder,
Und Mutterdank wird ihr zum Opfer dargebracht; (*)

Wie

(*) Eine Anspielung auf die Blattern-Einimpfung, welche die große Zaarin durch ihr eignes Beyspiel in ihrem Reiche einführte.

Wie in der Luft die Stäubchen flimmernd blitzen,
Wenn ab der Feuerstrom vom Glase sprang,
So flammen ihre Herzen für Felizen,
Dein Ebenbild, o Gott! das dir so ganz gelang.

Und noch in zahllos neuen Bildern
Soll sie der große Künstler mir,
Mit einer Hydra kämpfend schildern,
Und wie sie dort, und wie sie hier
Als Heldin — Glut der Furien dämpfet;
Als Mutter — ihre Kinder schützt;
Als König — Uebermuth bekämpfet;
Als Gott — den Bösewicht zur Hölle blitzt.

Wie sie das Reich, das stolz dem blassen Scheine
Des Silbermondes huldigt, kühn verheert;
Wie sie das Reich des Eisens und der Steine(*)
Durch ihren schnellen Blitz zerstört;
Ihr Adler sich bald in den Wolken zeiget,
Bald auf der Erde ohne Rast,
Des Mondes Hörner mit der einen Klaue beuget,
Des Löwen Rachen mit der andern faßt.

Der

(*) Schweden.

Der Heldenmuth geleite von der Wiege
Bis in das Grab ihr furchtlos Herr;
Der Knabe schon gewöhne sich zum Siege,
Und gleich dem Riesen schwinge er den Speer.
Der Krieger müsse nach dem Zeugniß trachten,
Ihr Ueberwundenen von euch:
»Ja ihrer Tapferkeit in Schlachten
»War einzig ihre Großmuth gleich.«

Bekennt es laut! und grabt in Alabaster
Und Marmor jede Heldenthat:
Die Heere, die der große Zoroaster(*)
Errichtet und gebildet hat,
Nun durch Felizens Hauch begeistert —
Wo ist der Erdball dessen nicht
Ihr hoher Muth sich kühn bemeistert!
Meer, Berg' und Kälte zwingt sie nicht.

Und Alles weicht auf seinen Wegen
Dem furchtbarn Haufen ohne Widerstand,
Denn nur der Friede gehet ihm entgegen,
Und küßt der Zaarin fromm die Hand;

(*) Peter der Erste.

Sie fesselt ihn in ihren Armen,
Sein Palmenzweig umschlingt den blut'gen Stahl:
»Es werde Ruhe!« spricht sie voll Erbarmen,
Und es ward Ruhe überall.

Gleich Engeln in der Aether = Hülle,
Sanft schimmernd, lieblich angenehm,
Wie Zephyr hauchend, kühl und stille,
Mit einem Sternen=Diadem;
So sey mit Huld und Liebe überschleyert
Die Größe, die aus ihrem Auge blickt,
Am Jubelfeste, das den Frieden feiert,
Und meine Seele froh entzückt.

Aus ihrem Munde fließe neue Wonne
Den Wittwen, die der Gatte früh verließ;
Ihr Auge glänze freundlich wie die Sonne
Bis in der Kerker Finsterniß;
Des Vaterlandes ächte Söhne lohne
Durch Lorbeerkränze sie, die blühend nie vergehn;
Mit Großmuth schenke sie vom Throne
Verzeihung Ueberwundenen.

Im Umgang wie im Thrones-Schimmer,
Ist Freundlichkeit ihr zugesellt,
Und durch Herablassung wird immer
Der Unterthan ihr gleich gestellt;
Ihr frische Blumen streuend, singet
Das Musenchor zum frohen Tanz,
Und selbst die fromme Einfalt bringet
Mit Händ-klatschen ihr den Kranz.

So viel ein Mensch zur Gottheit sich erheben,
Ihr ähnlich werden kann, so stelle sie mir dar;
Doch hüte dich, sie schmeichelnd zu beleben
Durch einen Pinselstrich, der nicht ihr eigen war.
Laß Majestät auf ihrem Bilde haften,
Und Weisheit sey ihr Eigenthum;
Doch male sie nicht frey von Leidenschaften,
Sie sey beherrscht von Milde, Lieb und Ruhm.

So wie ein Feuerberg von Diamanten
Durch mitternächtlich Dunkel strahlt,
So werd' ihr Ruhm in fernen Landen
Und für die Ewigkeit gemalt.

Kalifen wollten wie Felize
Den Berg erklimmen ohne Wanderstab;
Sie krochen emsig nach der Spitze,
Sie krochen — glitschten — taumelten herab.

Zu großen Thaten anzuspornen,
Bild' ihren Ruhm der Nachwelt vor:
»Dort wächst die Rose ohne Dornen!«
So lehre sie den jungen Chlor. (*)
Ha! unter ihrem güldnen Schilde,
Und mit Felizens Huld vertraut,
Steht hier entzückt der Mursa vor dem Bilde,
Und sein Gesang ertönet laut:

»Der Mißgunst scharfe Pfeile prallten
»Ab vom Gewissen unbefleckt;
»Wo Herz und Hand sich rein erhalten,
»Sind Lüg' und Rache nicht versteckt.
»Warum sollt' ich mich fürchten? quälen?
»Sie liebt der Wahrheit reinen Klang;
»Drum misch' ich froh mit tausend Kehlen,
»Zu ihrer Thaten Ruhm den lauten Jubelsang!«

Halt,

(*) Eine Anspielung auf das bekannte Mährchen vom Zarewitsch Chlor, welches in Berlin bey Nicolai in einer deutschen Uebersetzung erschienen.

Halt, Raphael! kannst du beleben
Die todte Leinewand, Metall und Stein?
Kannst du den Farben Athem geben?
O, wirf den Pinsel weg! ihr Denkmal sey allein
Lebendig warm in dieses Herz gemalet,
Tritt, blöder Sterblicher, herzu:
Auf jener Flammenspitze strahlet
Ein Götter-Bild — Felize! Du!

Dank an Felizen.

Verkünderin des goldnen Tages!
O, du Frühlings Morgenröthe!
Wenn aus blauen Meereswellen
Du den Sternenkönig führest;
Wenn auf Stirnen der Gebürge,
Und im Schoose der Gewässer,
Sanft dein rother Blick uns lächelt,
Du mit purpurrothem Golde
Feld und Wald und Himmel schmückest;

Wenn die raschen Flügelpferde
Jene Finsterniß zertheilen,
Und das schöne Licht des Himmels
Sich am Horizont erhebet;
O, dann fliehen dunkle Schatten!
Welcher Anblick meinem Auge!
Ufer blinken dort im Thaue,
Perlen blitzen auf den Wiesen.

Sieh dort wogen sich die Steppen
In des grauen Kowils Wellen;(*)
Schwäne weiden dort in Wolken,
Ihr Getöse gleicht den Hörnern;
Ueberall der gelbe Himmel
Strahlend wie die Bernstein-Flamme;
So auch brennet, so auch lodert
Dankbar dieses Herz zu dir.

Auf zu dir des Dankes Flamme!
Engel in der Menschenhülle!
Dessen Geist und dessen Rechte
Uns den Weg zum Glücke zeigen.
Auf in ungeschmückten Worten!
Nimm vorlieb mit meiner Einfalt,
Höre! — doch mein Herz ist voll,
Es verstummen meine Lippen.

Wenn auf jenem stillen Meere
Lieblich nur ein Zephyr hauchet,
Wenn die Flaggen munter flattern,
Wenn das Schiff im Schoos der Wellen

Eine

(*) Das Kraut Kowil blüht in den Steppen wie weißer flockigter Flachs, und wiegt sich im Winde wie Wellen.

Eine Silberstraße furchet;
Dann erschallt der laute Jubel
Derer, die mit frohen Herzen
Bis zu fernen Zonen reisen.

Dichter singen, wenn der Gottheit
Feuer in dem Busen lodert.
Bin auch ich nur je zuweilen
Von der Sorgen Last befreyet;
Fesseln mich nicht Eitelkeiten,
Spiel, Gesellschaft, Müßiggang;
Dann besuchen mich die Musen,
Von der Leyer tönt dein Name.

Der Traum des Mursa.

Es schwamm die goldne Luna
Im dunkelblauen Aether;
Gewand von Silber-Purpur
Umfloß die Glänzende.
Sie warf blaßgelbe Strahlen
Herab durch meine Fenster,
Und zeichnete die Scheiben
Auf der lackirten Diele.
Die müde Hand des Schlummers,
Traumbilder um sich streuend,
Sprützt mit dem Thau des Himmels
Vergessenheit hernieder,
Einschläfernd meine Diener
Und alles um mich her.
Entschlummert war schon lange
Die Stadt mit ihren Thürmen,
Kaum hörte man die Newa
Aus ihrer Urne fließen,
Kaum schimmerte der Welt

In seinen stillen Ufern,
Es hatte tiefe Ruhe
Sich rings umher gelagert,
Und in der Höh' und Tiefe,
Dem Auge wie dem Ohre,
Schien die Natur erstorben;
Nur Zephyr gaukelte,
Den Sinnen Kühlung wehend.

Ich wachte und vereinte
Mit meiner Leyer Tönen
Der Stimme leises Lispeln:
O, selig! wer auf Erden,
Mit seinem Loos zufrieden,
Frey, ruhig, reich, gesund,
Sich durch sich selbst beglücket;
Ein unbefleckt Gewissen
Und reines Herz bewahret,
Nur nach dem Ruhme strebet
Ein Biedermann zu seyn;
Der weder Zwerg noch Riese,
Noch Wunderthier geboren,

Bild.

Bildsäulen weder gleicht,
Noch sie verehren muß;
Der alle seine Freuden
In seinem Hause findet,
Wo seine holde Gattin
Und wenig treue Freunde
Einsame Stunden theilen,
Die Langeweile würzen,
Die Arbeit ihm versüssen.

O, selig, wem zuweilen
Die Königin der Horden
Aus bernsteinen Palästen,
Aus Silber-Rosen-Zimmern (*)
Als käm' es aus der Ferne,
Den Höflingen verborgen,
Für Mährgen und für Verse,
Für allerley Geschwätze,
Die köstlichen Geschenke
Und schimmernde Dukaten
In Dosen heimlich sendet. (**)

O,

(*) Alte Geschichtschreiber versichern, diese Zaarin habe bewundernswürdige Säle besessen, zum Beyspiel: saphirgoldene, silberrosenfarbene und bernsteinene.   Anm. d. Orig.
(**) Anspielung auf eine Begebenheit aus dem Leben des Verfassers.

O, selig — Doch urplötzlich
Verstummte mein Gesang,
Es wankte das Gebäude,
Die Wände wichen bebend,
Und schneller als die Blitze
Ergoß sich hundertfältig
Um mich ein himmlisch Licht;
Den Mond umzog ein Schleyer.
Ich sah, — ich sah, und staunte —
Es schwebt' auf lichten Wolken
Ein holdes Weib hernieder,
Als Opfer-Priesterin,
Als Göttin mir erscheinend!
(*) Ein weiß Gewand umfloß
Sie sanft in Silberwellen,
Die majestät'sche Stirne
Ziert' eine Bürgerkrone,
Es glänzt' um ihren Busen
Der Gürtel golden schimmernd,
Und gleich dem Regenbogen,

Hieng

(*) Man sagt, daß bey dem Grafen Alexander Andreewitsch Besborodko genau ein solches Gemälde vorhanden sey, erfunden von Herrn Etatsrath Proff, und gemalt von Herrn Lewitzky.

Anm. des Orig.

Hieng schwarz und feuerfarben (*)
In Streifen eine Zierde
Ihr von der rechten Schulter
Zur linken sanft herab.

Nach dem Altare streckte
Sie opfernd ihre Hand,
Und zündete die Körner,
Von Wohlgerüchen duftend,
Der höchsten Gottheit an.
Der große nord'sche Adler.
Der ewige Gefährte
Des Blitzes und Triumphes,
Des Ruhms der Helden Herold,
Auf Büchern vor ihr sitzend,
Bewahrte die Gesetze,
In seiner Klaue schlummernd
Den finstern Donner haltend,
Den Lorbeer und den Oelzweig.

Mit himmelblauen Augen,
Als wie von Zorn entflammet,

Sah

(*) Der Georgen-Orden ist schwarz und feuerfarben gestreift.

Sah mich die Göttin an.
Dieß Bild wird nimmermehr
In meiner Brust verlöschen.
»O, Mursa!« sprach sie zürnend,
»Du, Eitler, dünkst dich glücklich,
»Wenn du bey Tag und Nacht
»Auf deiner Leyer spielest,
»Den Zaaren Lieder singest.
»Doch zittre, und vernimm
»Die furchtbar große Wahrheit,
»Oft unerkannt, unglaublich
»Der Leidenschaft des Dichters.
»Mich zwingt, sie zu entdecken,
»Wohlwollen nur für dich.
»Ist Dichtkunst mehr als Wahnsinn,
»Der Götter höhere Gabe,
»So singe nur der Dichter
»Die Herrlichkeit der Götter,
»Den Unterricht der Tugend;
»Sein Lied sey nie entweihet
»Durch fade Schmeicheleyen,
»Vergänglich Lob der Menschen.

»Die

»Die Herren dieser Welt
»Sind auch nur Sterbliche.
»Sie nähren Leidenschaften
»Trotz ihrer Diademe;
»Auch i h r e Herzen werden
»Durch Schmeicheley vergiftet.
»Doch welcher Dichter wäre
»Nicht immer auch ein Schmeichler?
»O, singe nicht der Tugend
»So laut Syrenenlieder;
»Bedarf doch keines Lobes
»Der ächte Biedermann.
»Der Edle, der mit Eifer
»Stets seine Pflicht erfüllet,
»Bringt mehr dem König Ehre,
»Als aller Dichter Lob.
»Wirf weg die Nektarschaale,
»Denn sie verbirgt nur Gift.«

Wer schläget mich so kühn
Durch starke Worte nieder?
Wer? Göttin? — Priesterin? —

So frug ich die Gestalt
Wie Schatten vor mir schwebend.
Sie sprach: »Ich bin Felize.«
Sie sprach's, und eine Wolke
Verhüllte meinen Augen,
Des Glanzes ungewohnet,
Die göttlich schönen Züge.
Kostbare Wohlgerüche
Umdufteten das Haus,
Und Frühlingsbluhmen sproßten
Hervor aus jener Stätte,
Wo ich sie schweben sah,
Mir Göttin! Engelgleiche! —
Es schwang sich meine Seele
Ihr nach; allein vergebens;
Ich konnte ihr nicht folgen,
Stand wie betäubt vom Donner,
Empfindungslos und stumm.
Doch bald erleichterte
Mein Herz ein Thränenguß.
»Ist's möglich?« sprach ich, »Zaarin!
Sanftmüthige! auch du

Kannst

Kannst gegen deinen Murſa
So ſtreng und zornig ſeyn?
Und du, und du, du ſollteſt
Den Pfeil ins Herz mir werfen?
Die reine Flamme tadeln,
Die nur für dich allein
In meinem Buſen lodert?
Es giebt genug der Menſchen,
Die ſchon den armen Dichter
Für jeden ſeiner Verſe
Zur ſtrengen Rechnung ziehen,
Ihn zwingen, ſich zu ſchützen
Vor ſtachlichten Satyren.
Es giebt der güldnen Götzen
Genug, die meine Lieder
Unnütz und ſinnlos ſchelten;
Es giebt genug Fakire
Und Kadis, welche wähnten,
Daß ich dir heuchelte,
Wie ſie zu heucheln pflegen.
Ich habe ohnehin
Schon eine Menge Feinde.

Für Schande hielt es Mancher,
Daß man ihn nicht in Gnaden
An seinem Schnurrbart zupfte.
Dem Andern that es wehe,
Als Glucke nicht zu sitzen. (*)
Dem Dritten schien es frech,
Daß es dein Mursa waget,
So dreist mit dir zu sprechen.
Ein Vierter hielt mich sträflich,
Daß ich in der Begeistrung
Dich Himmelsbotin nannte,
Frohlockend Thränen weinte.
Kurz, dieser wollt' Arbusen,
Gesalzne Gurken jener.
Doch zeigen möge hier
Die Muse, daß ich nie
Die Zahl der Schmeichler mehrte,
Und nie für Geld verkaufte
Die Waaren meines Herzens;
Daß ich dir nicht aus fremden
Ambaren Schmuck und Kleider

———————————

(*) Siehe oben die Anmerkung zu der Ode an Felizen in der 19ten Strophe.

Verstohlen zugeschnitten.

Nur die gekrönte Tugend,

Nur das, was Du gethan,

Hab' ich allein gesungen.

Die ganze Welt war Zeuge.

Denn groß sind deine Thaten.

Ich habe sie gesungen,

Und werde stets sie singen,

Die Wahrheit scherzend plaudern,

Die Lieder der Tataren

Dem Strom der Zeit entreissen,

Gleich einem Strahl des Lichtes

Sie auf die Nachwelt bringen.

Dein Bild in den Gestirnen (*)

Dem späten Enkel zeigen;

Ich will dich rühmen, preisen,

Auf daß mit deinem Namen

Ich selbst unsterblich werde.

(*) Die alten Dichter pflegten ihre Helden unter die Gestirne zu versetzen.

Anm. d. Uebs.

Lyrischer Gesang
der Russen nach der Eroberung von Ismael.

Glücklicher Monarch, der Russen zu beherrschen weiß! Groß sein Ruhm und Aller Herzen in seiner Hand.

Lomonossow.

Es speyet Flammen der Vesuv,
Und in der Finsterniß steht eine Feuersäule,
Es glänzt ein Purpurroth,
Ein schwarzer Rauch steigt Wolken gleich empor,
Es röthet sich das Meer, die starken Donner brüllen,
Es tönet Schlag auf Schlag,
Die Erde zittert, Feuer regnet,
Der Lava Feuerströme quillen —
O Russe! das ist deines Ruhmes Bild!
Die Welt sah es bey Ismael!

O Russe! tapfre Nation!
Hart wie ein Fels ist deine Brust!
Du Riese einem König unterthan,
Sprich! wann und wo gebrach es dir an Macht,

Den Ruhm zu fesseln Deiner Thaten würdig? —
Beschwerlichkeit ist dir Vergnügen,
In Donner eingehüllt erringst du Siegeskränze;
Kämpfst du im Felde — so verdunkelst du die Sterne;
Kämpfst du auf Meeren — ha! so schäumet der Abgrund!
Und überall erzittern deine Feinde.

Zu raschen Thaten auf des Feldherrn Wort
Gehst du wie Bräutigam zur Trauung.
Mars sieht und staunt!
Dein unbewölkter Blick ist noch im Fallen heiter.
Wo rings umher wohl aus dreyhundert Schlünden
Metallne Drachen Feuer athmeten,
Da hast du heute neuen Ruhm erfochten!
Der Feldherr sprach: »Dort stehn die Mauern
»Von Ismael, doch ihr seyd stärker!«
Ha Ruhm! da kochte schnell das kriegerische Blut!

Wie sich im Frühling in die Thäler
Die Berggewässer schäumend brüllend stürzen,
Durch Eis und Wellen jeden Damm erschüttern;
So strömen Russen zu der Feste,

Nichts

Nichts hält sie auf!
Vergebens grinset überall der Tod,
Der Hölle Rachen öffnet sich vergebens,
Sie gehen — wie der Donner in den Wolken,
Wie Wolkenhügel stumm sich vorwärts wälzen,
Die Erde stöhnt — und hinter ihnen Rauch.

Sie gehen — tiefes Schweigen herrschet,
Und eine fürchterliche Stille,
Sie sprechen ihrem Leben und dem Schicksal Hohn;
Nur auf den blanken Waffen spielt
Ein Schimmer durch die Stille;
So, Russe! deiner Seele Glanz
Wenn du zur Schlacht, zum Tode wandelst;
Ha! schon umschwirret sie der Blitz!
Ha! schon umbrüllet sie der Donner! —
Sie gehen schweigend vorwärts.

Wie? ist's der Barden alter Glaube,
Der sie mit seinem Zauberstabe führt?
Nein — jener himmlisch-heilge Hirte,
Er trägt das Kreuz vor ihnen her;

Er lohnet sie mit unverwelkenden Kronen,
Er segnet sie, ihr Blut zu opfern
Für Ehre, Glauben und den Fürsten.
Anführer folgen ihm vor ihren Regimentern
Wie Wolken vor dem Sturm;
Ein Feuerglanz beleuchtet ihren Pfad.

Sie gehen — ihren Heldengeist
Bewundernd staunt das Auge,
Der Erdball tönt von ihrer Thaten Ruf.
Doch horch! schon schallet das Geschrey!
Hinauf die Leiter! auf die Mauern!
Wie tosende Wellen über Wellen,
So heben sie die kühne Stirne!
Wie Kohlen glühen ihre Blicke,
Wie Löwen sich auf Tyger stürzen,
So stürzen sie in Feuerflammen!

Ha! welch ein Schauspiel!
O, fürchterliche Stunde des Verderbens!
Wo der Bosheit Macht und Ränke
Sich gegen uns mit Wuth zusammen raffen.

Ich sehe Kugeln, Steine, Theer und Balken —
Doch was schreckt den Helden?
Wie schlägt man Russen zurück?
Der klettert den Balken entlang auf die Mauer;
Der stürzt von der Mauer in den Abgrund hinab;
Curtius, Decius, Buaros ist ein Jeder!

Pflicht, Ehre, Religion,
Euch opfert jeder gern sein Leben.
O, Russen! beyspiellos an Muth,
Der Tod reicht euch den Lorbeerzweig.
Dort Einer mit durchbohrtem Herzen,
Bleich, kraftlos, mit dem Tode ringend,
Und dennoch Tod dem Feinde drohend;
Ein Andrer liegt, und muntert seine Brüder auf;
Ein Dritter ruft indem er siegt:
Catharina! Gott mit uns!

Welch eine Tapferkeit im Heere!
In dessen Führern welch' ein Heldengeist!
Bey diesen kalte Ueberlegung,
Bey jenen sprühen Feuerfunken.

Ihr

Ihr, unter Schnee und Eis gebohren!
Ihr, unter Blitz und Donner groß gezogen!
Ihr, seit dem Knabenalter
Mit Treue, Glauben, Ruhm genährt;
Was gleichet eurer Tapferkeit?
Etwa der Kampf der Elemente?

Ja, so, wie wenn mit Nacht und Dunkel
Der blaue Himmel sich beziehk;
Schwarzroth verkündet er den Sturm
Der drohend schon im Walde rauscht;
Ha! fürchterlich bläßt er sein Eingeweide auf!
Er pfeifet, heulet, brüllet!
Reißt Luft und Staub und Blätter mit sich fort!
Er rauscht mit schwerem Fittig,
Und Cedern stürzen ihre Wurzeln himmel an!
Es kracht der Feuerstein'ge Libanon!

Ja, so wie wenn Natur der Tage letzten feyert,
Es reißen Sterne sich aus ihren Bahnen los!
Auf die Gewässer thürmen sich die Feuerströme,
Die Hügel drehen sich in Wirbeln,

Der

Der Sturm jagt Donner hinter Donner,
Nur Blitze leuchten durch die Finsterniß,
Der Welten Achse wird erschüttert,
Die Sonne hüllet sich in Dunkel
Und steht am Firmament wie eine glühende Kugel —
So war des Russen Bild, er zog gen Ismael!

Er zog dahin — er bebte nicht!
Die Bayonette bahnten sich den Weg,
Mit blut'ger Brust stürzt Körper über Körper,
Umsonst ertönt ein Angstgeschrey!
Umsonst, verruchte Bösewichter,
Vergießt ihr Ströme unsers Blutes,
Der Schonung werth; seit Anbeginn der Welt
Verzehrt der Krieg das menschliche Geschlecht,
Und heilig ward die Pflicht
Des Sengens, Brennens, und des Mordens.

Der wirft sich kühn zum Weltbeherrscher auf,
Und Jener weigert sich der Fesseln;
Der Weltbeherrscher wird der Raben Gastmahl,
Ein Fraß der Wölfe wird der Held.

Ha! Lilien fallen so wie Dornen;
Warum? — des Himmels Rath ist dunkel!
Ich singe nur der Schlachten Ruhm!
Hier eine Hand voll — Tausend dort;
Hier Tausende — dort Millionen!
Doch malmten wir die Stadt zu Staube.

Ha! sehet! schon wälzet blutig schäumend
Die stolze Donau ihre Wellen,
Es röthet sich das schwarze Meer,
Es stauen sich die Körper bis zu jenem Ufer,
Es bebt der blasse Marmorsee
Vor jenem Anblick, der ihm näher rückt,
Wie Körper sich auf Körper häufen;
Der Thürme halber Mond wirft blut'gen Wiederschein,
Es bücken sich die stolzen Mekka Pilger,
Und Stambul neigt die Stirne in den Staub.

Was sind der Vorwelt Schlachten!
Was ihrer Thaten Ruf!
Ist Tyrus Fall berühmt!
O, Ismael ist's mehr!

Dort

Dort baut ein Weltbeschützer
Maschinen auf und Thürme,
Mit Bergen dämmet er das Meer;
Doch hier gebietet nur ein Wort,
Die tapfern Russen fliegen,
Ihr Heldengeist leiht ihnen Flügel.

Vernimm ihn, Welt! den großen Sieg,
Der Menschenkräfte übersteigt;
Vernimm die That, o staunendes Europa!
Den Russen war sie vorbehalten.
Preist ihren Muth in allen Sprachen!
Und zittert, zittert, stolze Feinde!
Bekennet, daß Gott mit uns ist!
Durch seine Hand siegt über euch der Russe;
An seiner Hand erhebet sich der Russe
Selbst aus des Unglücks bodenloser Tiefe.

Ich sah den Genius dreyhundert banger Jahre,
Er dämmerte in einem schweren Traume,
Das weite Thal war unter seinen Füßen
Mit Dornen überall bedeckt;

Ein blasser Nebel lag auf dem Gesicht;
Die müden Arme hiengen schlaff herab;
Die Finsterniß umgab sein Haupt,
Grausame Räuber nahten sich,
In schwere Fesseln ihn zu schmieden,
Und eine Schlange lag ihm auf dem Herzen.

Er schlummerte — Insecten, Ungeziefer,
Verdunkelten sein liebliches Gesicht, (*)
Krieg ringsumher verwüstete die Städte,
Und Zwietracht zehrte auf das dürre Gras;
Kaum sah man noch den Schimmer seiner Krone,
Es litten Religion, Gesetze,
Und du des Vaterlandes Liebe!
Wie eines Tygers Hunger, so des Bati Wuth, (**)
Wie eine Schlange saugt, so jener Lügen-König, (***)
Und Blut wird überall vergossen.

So lag er da in seiner Trauer,
Wie in der Wüste eine dunkle Nacht,
Frohlockend klatschten seine Feinde,

---

*) Das Wortspiel in dieser Zeile ist unübersetzbar.
(**) Rußland unter dem Joche der Tataren.
(***) Rußland vom falschen Demetrius zerrüttet.

Es naht kein Freund, um ihm zu helfen,
Die Nachbarn dürsteten nach Raube,
Bojaren, Fürsten, aßen, schliefen,
Wie Würmer in dem Staube kriechend; —
Doch Gott — ein göttlich großer Geist
Wälzt plötzlich allen Jammer von ihm ab,
Des Löwen Kraft zerreißt die Kette!

Da stand er, wie am lichten Morgen
Ein Hügel, aus der Finsterniß,
Aus einem Abgrund um ihn her
Die stolze Stirn erhebt; er achtet nicht den Donner,
Der über seinem Haupte rollt;
Die Wellen mit den Füßen stoßend
Geht er — wer mag ihm widerstehen?
Von seinem Harnisch gleiten Blitze,
Die Oceane weichen aus
Ihm einen Heldenpfad zu bahnen.

Es krümmten Horden sich zu seinen Füßen,
Die Gränzen Asiens erschütterten,
Es fielen Königreiche unter seiner Hand,
Beherrscher beugten sich in Fesseln,

Er

Er ward der Sieger Sieger!
Es lag jetzt unter seiner Ferse
Der Monarchien einst zerstörte.
Er nahm Europens Städte, Throne zitterten,
Hier gab er Kronen, und dort nahm er sie,
Mit allvermögender Gewalt.

Wo ist ein Volk auf dieser Erde,
Das so viel Kraft in sich vereint?
Das hülflos, überall bedrängt,
Dennoch das Joch von seinem Nacken schüttelt?
Das Lorbeerkränze sich ertrotzt?
Und die, vor deren Blick einst Welten zitterten,
In seine Fesseln schmiedet?
Nur deine Tapferkeit, o Russe!
Ward solcher großen Thaten Schöpfer,
Den Mond verdunkelt nur dein Adler.

Nur du verbreitest neue Siege,
Und siegend huldigst du der Großmuth,
Der Pole, Türke, Perser, Preusse,
Chineser, Schwede möge es bezeugen,

Gelassen blicktest du auf jene Mauern,
Eroberungen gabst du wieder;
Dort Aufruhr stillend, dort den Frieden bringend,
So bist du weniger ihr Ueberwinder,
Wohlthäter mehr und Freund,
Nahmst nur dein Eigenthum zurück.

O Slavenblut! berühmter Väter Sohn!
Nicht zu zerstörender Koloß!
Dem keiner gleich an Größe,
Besitzer einer halben Welt!
Laut sprechen deiner Väter Thaten,
Doch lauter tönen deine heut'gen Siege!
Ich sehe um dich einen Lorbeerwald,
Du beugst den Kaukasus und Taurien,
Du stehest mitten in der Welt,
Dein Haupt ragt an die Wolken!

Schon wälzt aus Norden sich auf den Eurin
Der Nebel zwischen Meer und Sternen,
Im Nebel schwimmen dunkle Haine,
Eisstücke Bergen gleich;

Denn

Dem grauen Schatten eines Mannes ähnlich,
Der sitzend um sich schaut.
Sein Schild ist wie der volle Mond;
Die Lanze ist wie eine schwarzgebrannte Fichte,
Die kühn ihr Haupt bis in die Wolken streckt,
Es steht ein Adler über seinem Helm.

Es flieget hinter ihm der goldne Wagen
Auf einer Bahn von Morgenroth;
Auf ihm thront Helden ähnlich
Die Königin.
In dieser Hand das Kreuz,
In jener eine Fackel schwingend,
So streut sie Funken auf den Bosporus.
Das Antlitz Mahomets erblaßt
Vor dieses Lichtes Glanz aus Norden,
Und wendet ab den finstern Blick.

Wie! führet Oleg denn aufs neue
Die Flotte gegen Orient?
Ergießet Olga's einst geliehnes Licht (*)
Sich wieder in den Strom der Vorzeit?

Wie!

(*) Olga brachte bekanntlich die christliche Religion zuerst nach Rußland.

Wie! oder geht des Russen kriegerischer Geist
Mit Christus Religion jetzt Hand in Hand?
Der Grieche rettet sich? der Türke wird vertilgt? —
Ich höre schon die Donner brüllen!
Weissagend prophezeihen Grabessteine: (*),
Das wird geschehn jetzt oder künftig!

O ihr, die ihr mit eitlem Stolze
Des Ruhmes Bahn dem Russen sperren wollt,
Und eurem heilgen Glauben untreu,
Dem Christenfeinde Hülfe sendet;
O lasset ab von eurer Tücke,
Wägt eure Kraft, das Ziel der Russen,
Und das Gericht des Himmels!
Bedenkt, bevor ihr euch entschließet,
Mit wem und wider wen ihr streitet?
Wohin des Schicksals Wage neigt?

Vergebens sträubt ihr euch! — der Russe ward geboren,
Von Banden der Barbaren euch zu retten!
Die Tamerlan mit seinem Fuß zu treten,
Vor eines Omars Wuth die Musen zu beschützen;
          Kreuz-

(*) Man will wirklich dergleichen Steine gefunden haben.

Kreuzzüge wacker rächend,
Des Jordans Wasser reinigend,
Befreyet er das heilge Grab,
Athen giebt er Minerven wieder,
Dem Constantin die Stadt des Constantins,
Und Japhets Kindern bringt er Frieden.

Den Kindern Japhets Frieden!. den zu schaffen,
Ist eine That nur ihrer würdig.
O du, nach dem sich große Männer sehnen,
Wirst du in unsern Tagen uns geschenkt? — —
Wird das erleuchtete Europa
Denn ewig mit dem Donner
Nur gegen seine Brüder wüten?
Ists besser nicht, von heimscher Zwietracht fern,
Dem allgemeinen Widersacher
Mit Russen Eine Brust entgegen nur zu stellen?

So gieb die Hand! sey ruhig nur,
Der Russe wird es auch allein vollenden,
Nur hindern mögest du ihn nicht;
Trophäen werden dich belohnen.

So gieb die Hand, der Liebe Unterpfand,
Vergieße nicht dein Blut, das unsrige,
Laß nicht in uns der Rache Flamme lodern;
Laß Katharinens Geist Maschinen
Wie Archimedes schaffen,
O so erschüttern Russen eine Welt!

Was könnte nicht dieß herrliche Geschlecht,
Das seine Zaaren liebt, vollenden?
Doch lernet nur, gekrönte Häupter,
Sein köstlich Blut zu schonen,
Dem Geist, der Lust zu großen Thaten,
Erleichtrung, Muße nur zu gönnen,
Sein Herz durch Gnade euch zu fesseln;
So wird sein Heldenarm
In Krieg und Frieden,
Die Welt euch zu verehren zwingen.

Der Krieg, dem Nordlicht gleich,
Setzt nur den Pöbel in Erstaunen,
So wie den Glanz des Regenbogens,
Liebt jeder Weise Ruh und Frieden.

Was duftet schöner als Gewürze?
Was ist als Honig süß? und glänzet mehr wie Gold?
Was ist als Purpur köstlicher?
Bist du es nicht, der mit dem frohen Bilde
Von Ruh und Reichthum uns beglücket?
Du nützlicher, du schöner Friede!

O steig herab, du Himmelsbürger!
Des Paradieses lieblicher Bewohner!
Komm wie des Phöbus schimmernder Begleiter,
Du eines Frühlingsgottes milder Hauch,
Beseele Alles rings umher!
Ein Eden blüht durch deinen warmen Athem,
In jedem Haus, in jedem Herzen,
Damit, von Katharinens Größe überschattet,
Gekrönt mit Lorbeern, nun der Riese
Auf seinen Donnern schlummere.

Es herrscht die Weisheit über Königreiche,
Befestigt Religion, Gerechtigkeit,
Bereichert sie durch Krieg und Arbeit,
Und lockt hervor der Liebe Blüthen. —

E 4   O schö-

O schönes würdiges Geschlecht!
Das Russen zu gebähren und auch zu fesseln weiß,
Auch dir gebühren Kränze.
Der Siege Frucht ist Ruhm,
Den Sieg verleiht nur Biedersinn,
Und Biedersinn schafft nur in uns das Weib.

   Wenn Eure Lieben in den Schlachten
Den Tod der Helden starben;
Auch ohne Krieg, wenn Euer Leben
In Schmerz und Thränen still verrinnt;
So tröstet euch, es bläset Sturm in Sturm,
Und Elemente kämpfen mit einander,
Die Welt ist Schule nur, in der man leiden lernt.
Und wenn das Schicksal Krieg gebietet,
So stürzet mitten in der Schlacht
Mit Ruhm gekrönt der Russin Sohn.

   Er stirbt für's Vaterland,
Und nie verlöschen wird sein Ruhm,
Wird schimmern in die Ewigkeit,
Wie Mondenlicht auf Meereswellen;

Sein Schatten wird in fernen Zeiten

Den späten Enkeln noch erscheinen,

Sein tapfrer Geist auf ihnen ruhen,

Aus seinem Grabe wird die Flamme lodern,

Und von der unsterblichen Leyer der Nachhall seiner Thaten

Durch Hain und Fluren tönen.

Ode an Gott.

Du im Umfang unendlich,
In lebenden Wesen lebendig,
Und Ewig im Laufe der Zeiten,
Gestaltlos in dreyen Gestalten
Der Gottheit, Allgegenwart, Einzig,
Ein Geist ohne Raum, ohne Ursprung,
Von Sterblichen nimmer ergründet,
Der durch sich und mit sich erfüllet,
Umfasset, erschaffet, bewahret,
Die Welten — wir nennen ihn — Gott!

Ja könnten auch Sand oder Strahlen
Der tausend Planeten wir zählen,
Die Tiefe des Oceans messen,
Für dich weder Maas weder Zahl!
Es mögen erleuchtete Geister,
Von deinem Abglanze geboren,
Nicht deine Gerichte erforschen,

Sie heben sich kühn und zerstäuben
In deiner gewaltigen Größe,
Wie sich die Minuten verlieren
In einer Ewigkeit Meere.

Du rieffst aus bodenloser Tiefe
Das ewige Chaos herauf,
Hast vor der Zeiten Geburt
In dir das Ew'ge gegründet;
Du bist und glänzest durch dich!
Aus dir, du Quelle des Lichtes,
Ist Licht hernieder geflossen,
Ein Wort hat Alles belebet,
Erschaffen. — du warst, du bist,
Du wirst seyn ewig und ewig!

Du fassest die Kette der Wesen,
Du schenkest ihr Leben, Erhaltung,
Du, der du Anfang und Ende,
Den Tod mit dem Leben verbindest.
Wie sprühende Funken schnell eilen,
So giebst du den Sonnen ihr Daseyn;

Am heitern Tage des Winters,
Wie Stäubchen des Reifes dann blinken,
Sich drehen und wimmeln und glänzen,
So siehst du die Sterne im Abgrund.

Millionen brennende Lichter,
Im leeren Raume schwimmend,
Befolgen die ew'gen Gesetze,
Ergießen lebendige Strahlen;
Doch diese feurigen Lampen,
Die Menge der rothen Crystallen
Die goldenen kochenden Wellen,
Die ewig brennenden Sfären,
Und alle die leuchtenden Welten,
Sind dir wie Nacht vor dem Tage.

Dir, dem die Feste des Himmels
Ein Tropfen ins Meer geflossen,
Was ist die mir sichtbare Schöpfung,
Und was bin ich vor dir? —
Die Welten im Luft-Ocean
Zu Millionen vervielfacht,

Und

Und hundertfältig gehäufet,
Sie sind gegen dich nur ein Punkt,
Und ich vor dir — ein Nichts.

Ein Nichts — doch bin ich dein Abglanz,
Es schimmert in mir deine Güte,
Ich trage dein Bild wie ein Tropfen
Des Wassers das Bildniß der Sonne.
Ein Nichts — doch fühl' ich mein Leben,
Ich fliege mit rastloser Gierde,
Noch höher und höher stets schwebend,
Es glaubt meine Seele: du bist,
Sie denket, begreifet, erwäget,
Ich bin — du bist ohne Zweifel!

Du bist — so, sagt die Natur,
Du bist — so fühlet mein Herz,
Du bist — so ruft mein Verstand,
Du bist — drum bin ich kein Nichts!
Auch ich bin ein Theilchen des Weltalls,
Bin, wähne ich, in der Natur

Ehr-

Ehrwürdige Mitte gestellet,
Hier an der Körperwelt Ende,
Am Anfang der himmlischen Geister,
Ich binde die Kette der Wesen.

Ja, ich das Band dieser Kette,
Die äußerste Stufe der Wesen,
Bin in der Lebenden Mitte
Ein Anfangsbuchstabe der Gottheit!
Mein Körper verweset zu Staube,
Mein Geist herrscht über die Donner.
Ich bin ein König — ein Knecht —
Ich bin ein Wurm — ein Gott!
Verborgen ist mir mein Ursprung,
Doch ward ich nicht aus mir selbst.

Nein, Schöpfer, ich bin dein Geschöpf,
Bin ein Geschöpf deiner Weisheit,
Du Lebensquell, Geber des Guten,
Du meiner Seele Geist und Herr!
Deiner Allmacht schien es nothwendig,
Daß mein unsterbliches Wesen

Des Todes Abgrund durchwandre,
Mein Geist sich in Sterblichkeit kleide,
Und, Vater! im Dunkel des Grabes,
Unsterblich sich wiederfinde.

Unbegreiflicher! Unergründlicher!
Warum ist die Seele zu schwach,
Von deinem erhabenen Bilde
Auch nur den Schatten zu zeichnen;
Doch ist es den schwachen Geschöpfen
Dich, Gott, zu preisen vergönnet,
Wie können sie besser dich ehren,
Als sich erhebend zu dir,
Im Unermeßlichen sich verlierend,
Dankbare Thränen vergießen!

───────────

Ode

Ode
an Stepan Wasiliewitsch Perfilieff
auf den Tod
des Fürsten Alexander Iwanowitsch Meschtschersky.

Zeiten-Ruf! Glockengetöne!
Mich schreckt deine furchtbare Stimme,
Mich rufet dein trauriges Stöhnen,
Und rücket mich näher dem Grabe.
Kaum hab' ich das Weltlicht erblicket,
Schon knirschet der Tod mit den Zähnen,
Es blinkt wie der Blitz seine Sense,
Und mäht meine Tage wie Gras.

Den Klauen des eisernen Schicksals
Entschlüpft kein Geschöpf — ach! Monarchen
Wie Sklaven sind Speise der Würmer.
Der Sarg verzehrt Elemente,
Den Ruhm verwischen die Zeiten,
Wie Ströme ins Meer sich ergießen

Schnell:

Schnellrauschend, so Tage und Jahre
In Ewigkeit, Königreiche werden
Vom hungrigen Tode verschlungen.

Wir gleiten am Rande des Abgrunds,
In welchen wir plötzlich uns stürzen,
Tod mit dem Leben empfangend,
Wir werden zu sterben geboren,
Es mähet der Tod ohne Mitleid,
Durch ihn zertrümmern die Sterne,
Durch ihn verlöschen die Sonnen,
Er drohet den zahllosen Welten.

Der Mensch hofft ewig zu leben,
Des Todes nur selten gedenkend,
Der gleich einem Dieb ihn belauschet,
Und plötzlich das Leben ihm raubet;
Je weniger Furcht wir empfinden,
Je schneller erreicht uns die Sense,
Es rollen nicht schneller die Donner
Zu stolzen Höhen hinan.

Verzärtelter Sohn des Vergnügens!
Meschtschersky! wo bist Du verborgen?
Verließest die Ufer des Lebens
Und flohst zu den Ufern der Todten;
Hier blieb nur Dein Staub ohne Seele —
Wo ist sie? — Dort! — wo denn? — vergebens!
Wir wissen's nicht, weinen und rufen:
O weh uns auf Erden Gebornen!

Wo vormals Vergnügen und Freude,
Gesundheit und Liebe geschimmert,
Da stockt nun das Blut in den Adern,
Den Geist beugt nagender Kummer,
An Stelle der schwelgenden Tafeln
Ein Sarg, und statt der Gesänge
Beym Gastmahl, ein Grabesgeheul!
Der Knochenmann grinset auf alle!

Er blicket auf Könige denen
Zum Herrschen die Welten zu enge,
Er blicket auf Reiche und Stolze,
Die Götzen in Gold und in Silber,

Er blicket auf Schönheit und Anmuth,
Er blicket auf hohen Verstand,
Er blickt auf vermessene Stärke,
Und schleifet die Schärfe der Sense.

Es zittert vor ihm die Natur!
Wie stolz und wie elend zugleich!
Gott heute, und morgen nur Staub;
Dir schmeichelte heute die Hoffnung,
Und morgen wer bist Du, o Mensch?
Es fliehen und schwinden die Stunden,
Sie fliehn in den Abgrund des Chaos,
Dein Leben vergeht wie ein Traum.

Wie Traum, eine liebliche Täuschung,
Ist auch meine Jugend vergangen!
Nun reizt mich die Schönheit nur wenig,
Nur wenig ergötzt mich die Freude,
Mich fliehet der gaukelnde Leichtsinn,
Dahin ist das Glück meiner Jugend!
Mich martern die Wünsche der Ehrsucht,
Mich ruft das Geräusche des Ruhms.

So wird auch das männliche Alter,
Und mit ihm das Streben nach Ruhm,
Das Haschen nach Reichthum vergehen,
So werden der Leidenschaft Wallen,
Des Herzens Gefühle vergehen.
Fort! alle ihr zeitlichen Güter,
Veränderlich, täuschend und falsch,
Ich stehe an der Ewigkeit Pforten.

Sterben, Perfilieff, sterben
Müssen wir heute oder morgen,
Warum uns denn quälen, daß ewig
Dein sterblicher Freund nicht gelebet?
Des Himmels Geschenk auf Minuten
Ist leben, genieß' es in Ruhe,
Und segne mit redlicher Seele
Den wundervoll tödtenden Schlag:

Die Grebenewskische Quelle.

Mit Schilf gekrönt seh' ich ihn sitzen,
Im Schatten dickbelaubter Bäume,
Den Arm auf seine Urne stützen,
Und wiederstrahlen Himmelsräume,
Den lieblichen, den schönen Bach.

Ich hör' ihn murmeln, seh' ihn fließen,
Klar wie Kryſtall von Berges Rücken,
Er tränkt die Thäler und die Wiesen,
Vermag die Blumen schön zu schmücken,
Mit Perlen, die er auf sie sprützt.

So rein und hell dem Aug' entschlüpfend,
Läßt du ein sanftes Murmeln hören;
Gleich einem Reh auf Bergen hüpfend,
Klopft dir mein Herz, von dem Begehren,
Dein Lob zu singen, froh entbrannt.

Versilbert scheint die Morgenröthe
Im klaren Spiegel deiner Wogen;
Ha! welche Feuerpurpurröthe!
Es rollen mit dem Sturz der Wogen
Flammende Rosen sich herab.

In dir beschaut mit Wohlgefallen
Sich oft der Heerdenreiche Hügel,
Dem Walde, dessen Wipfel wallen
In Zephyrs Hauch, dienst du zum Spiegel,
Ein Lüftchen wiegt die goldne Saat.

Und in der Abendsonne Strahlen
Beginnt schon dein Krystall zu glühen,
Wenn deine Ufer roth sich mahlen,
Die blauen Wälder ferne fliehen,
Das Meer in Nebel sich verhüllt.

Wie lieblich glänzt der Quelle Spiegel,
Wenn er im hellen Mondschein flimmert!
Wie bleich sind über ihm die Hügel,
Denn sie nur rauschet, sie nur schimmert,
Und die Gebüsche schlummern schon.

Ent.

Entglühet von der Dichtkunst Feuer,
Bist du es, die mich zu sich ziehet,
Ich neide den, um dessen Leyer
Der Lorbeer des Parnasses blühet,
Wenn er aus deiner Urne schöpft.

O tränk' auch mich! laß mir gelingen
Ein Lied, das rein wie deine Wellen fließe,
Laß mich wie ihn so lieblich singen,
Daß mächtig mein Gesang ergieße
Sich deinem klaren Strudel gleich.

Es töne von Gestade zu Gestade
Dein Ruhm vom Palast in die Zelle,
Den Schöpfer der unsterblichen Rossiade (*)
Hast du der Dichtkunst heilge Quelle
Mit deinem Wasser einst getränkt.

(*) Die Rossiade, ein bekanntes und berühmtes Heldengedicht.

An Kalliopen
am 31ſten October 1792.

Steig herab, Unſterbliche, vom Himmel,
Der Geſänge Königin, Kalliope!
Miſche Deiner Tuba Schall
Mit der Leyer ſanften Liſpeln,
Oder miſche Deine Stimme
    Mit der meinigen.

Horch! mir deucht ich höre ſchon den Lauf
Deiner ſchnellen Finger auf der Harfe,
Wie geſchmeidig Rohr am Meere
Von des Zephyrs Hauche flüſtert,
In der Wellen fernes Murmeln,
    So dein Saitenton.

Ha! in jenen lichten blauen Wolken
Schwebt das ſchöne Mädchen ſanft hernieder,
Ihre Augen wie Sapphiren,
Auf den Wangen züchtge Roſen,
Auf den Lippen Morgenröthe,
    In den Haaren Gold.

Ja es hat die süße Phantasie
Mir den Norden in ein Paradies verwandelt,
Aus dem Herbst ist Frühling worden,
Grüne Wälder auf dem Eise,
Felder blühen dort im Schatten,
Bluhmen auf dem Schnee.

Wer ist, der im dunkelgrünen Hayne
Unter einem Laubgewölbe wandelt,
Schön gebildet, jung, erhaben,
Von dem Haupte glänzen Strahlen
Zwischen Blättern, zu den Füßen
Rauscht der Silberquell.

(*) Wer ist, dem sich lieblich munter nahet
Jenes Mädchen mit der Unschuld Reizen,
Wie dem Bruder eine Schwester,
Wie dem Bräutigam die Braut,
Gleichheit ist in ihren Zügen
Als bey Blutsverwandten.

F 5   Nenne

(*) Um dieses Gedicht zu verstehen, muß man wissen, daß es seine Entstehung der Ankunft der liebenswürdigen Prinzeßinnen von Baden in Petersburg verdankt.

Nenne mir das göttlich schöne Paar,
Das wie Flamme sich der Flamme nahet,
Sich in einen Strahl vereint;
Kam der schöne Gott der Welten
Vom Olymp herab aufs neue
  Zu der Liebe Feyer?

Schon erschallet Harmonie der Herzen
Auf den zarten Harfen, sprachlos horchet
Schon die Erde und es neigen
Sich die Thürme, Haine, Berge,
Und des Wasserfalles Nymphe
  Blickt verstummt auf sie.

Auf dem weichen seidnem Grase,
In dem frieblich schattenreichen Thale,
Wo kaum Zephyr mit der Rose buhlet,
Kaum die blaue Quelle murmelt,
Kaum die Luft Gewürzreich athmet,
  Sitzt das liebende Paar.

Liebes-Seufzer um sie her aus tausend Kehlen,
Der Gesang der Schwäne in der Ferne,
Zweige schmiegen sich an Zweige,

Wolluſt athmet die Natur,
Zärtlich buhlend freut ſich Alles,
Alles lebt und liebt.

Zwiſchen Hügeln von Cryſtallen wie ein Strahl
So der Pfeil der Liebe zwiſchen ihren Herzen;
Jener trifft den Rand, doch unverletzend,
Gleitet ab, ſticht nicht, und leuchtet
Wie von einem Glaſ' ins andre,
Beide glühen roſig.

Vom Olymp, mit allumfaſſendem Blicke,
Aus dem Bernſtein-Palaſt ſchauet
Die Unſterbliche, der Götter Mutter,
Wie der Abendſtern auf ſie herab,
Wenn er, ſpiegelnd in dem Waſſerſtrudel,
Seines Bilds ſich freuet.

Ja ſie freuet ſich der reinen Flamme,
Der in dieſen jungen zarten Herzen
Lieb' und Unſchuld Nahrung leihen,
Freuet ſich und ſegnet ſie;
Sichtbar glänzt an ihnen jede Tugend,
Wie der Mond am Himmel.

So

So wie einst in jenem goldnen Alter
Götter sich in Erdenschönheit hüllten,
Und den Sterblichen erschienen,
Bald als Fürsten, bald als Helden,
Um die Menschen zu beglücken;
    So dieß holde Paar.

Ja ich seh' in ihnen Götter = Abglanz,
Ihre Kinder, der Monarchen Enkel,
Mahlet mir mein froher Geist,
Er ist ernst — in seiner Hand der Donner!
Sie ist sanft — ihr Wort verleihet
    Frommer Unschuld Schutz.

O gesegnet sind die frohen Zeiten,
Wo so blühend und so duftend,
Gleich dem schattenreichen Baume,
Diese jungen Zweige werden!
Ruhen wird die Welt in ihrem Schatten
    Und die Leyer tönen.

Ist's Wirklichkeit? ist's nur ein Traum?
Seh' ich Apollo und Dianen?
Nein — dieser junge Held ist jener Knabe,

                                  Der

Der im Purpur einst geboren wurde,
Dessen erstes Wiegenfest ich einst besungen, (*)
   Er ist Mann geworden!

Das ist der, dem ihre Gaben
Genieen an seine Wiege brachten,
Und mit Allem ihn beschenkten,
Um auf einem Throne Mensch zu seyn,
Eine Gottheit unter Menschen,
   Sanft und allerwärmend.

Das ist Er mit der Erwählten!
Werde stolz Du meine Leyer!
In Erfüllung ist nunmehr
Deine Weissagung gegangen;
Jener Halbgott ist ein Gott geworden,
   Alles huldigt ihm.

Rußland! weine Freudenthränen!
Blicke fröhlich um Dich her!
Sieh, es blühen unter den Trophäen,
Wie ein Garten Catharinens Enkel,
                         Könige

*) Siehe das folgende Gedicht.

Könige und Königinnen
    Wachsen da der Welt.

Lächelnd liebkost sie die Weisheit,
Und von Völkern, die der Zwietracht müde,
Werden sie zu Herrschern auserkohren; —
Sängerin des Ruhms, Kalliope!
Weile ewig in der Sternen-Gegend,
    Hier sind meine Musen!

Wiegenlied

des im Norden im Purpur gebohrnen Knaben am
12ten December 1777, als die Sonne ihre
Rückkehr vom Winter zum Sommer
antrat.

Boreas mit weißen Haaren,
Und mit einem grauen Barte,
Schüttelte die Himmel, preßte
Mit der Hand die Wolken,
Daß sie flockigte Nebel,
Schneegestöber gaben;
Schmiedete die Ströme
In des Eises Fesseln;
Vor dem bösen Alten
Schaudert die Natur;
Erde wandelt sich in Stein
Unter seiner kalten Hand;
Thiere bergen sich in Klüften,
Fische in den Tiefen,
Und der Vögel Chor verstummet;

Und

Und die Biene schlüpfet
In den hohlen Baum.
Nymphen schlummern in den Grotten,
Und im Schilf aus Langerweile,
Und die Satyrs sammeln sich
Um das Feuer, sich zu wärmen.

Ha! in dieser kalten Zeit,
Da der Zorn des Boreas
Auf den Fluren ruhte,
Ward im Norden jener Knabe
In dem Purpur uns geboren!
Ward geboren! und der Nordwind
Hörte plötzlich auf zu brüllen,
Zephyrs Hauch verscheuchte
Von der Flur den Winter;
Mit dem ersten Blick des Knaben,
Wandte sich die rothe Sonne
Auf den Frühlings-Pfad;
Und der erste Laut des Knaben
Schien der Ton von einer Leyer;
Nach dem Purpur streckte
Er die kleinen Hände.

Plötz.

Plötzlich hallt der Donner
Und der ganze Norden glänzt!
Im Entzücken sah' ich
Den Palast des Schicksals offen,
Die Begeistrung flüstert:
»Hier ist ein Gott geboren!«
In des Himmels Lichtgewande
Schwebten Genieen zu ihm herab,
An des Neugebornen Wiege
Brachte Jeder seine Gaben!
Dieser gab in seine Hand
Donner zu künftigen Siegen;
Jener Künst' und Wissenschaften,
Die die Welt verschönern;
Dieser Reichthum, Wohlstand,
Jener Purpurglanz;
Dieser Freud', Ergötzen,
Jener Ruh und Frieden;
Dieser Körper-Anmuth,
Jener Seelenschönheit;
Dieser Himmelsweisheit,
Jener Geisteshoheit;

Kurz,

Kurz, mit Allem, was Monarchen
Bildet, ward der Knabe
Reichlich ausgestattet.
Doch der letzte flößte Tugend
In sein junges Herz und sprach:
»Sey der Leidenschaften Herrscher!
»Auf dem Throne sey ein Mensch!«
Und die Genieen allzumal
Schlugen mit den Flügeln, jauchzten:
»Siehe da den Göttlichen!
»Seine Gab' ist weltbeglückend,
»Ist der Kranz von allem Guten!
»Wer den Purpur so empfängt,
»Wird der Unterthanen Vater,
»Wird ein Vorbild den Monarchen!«
Wälder, Berge wiederhallten:
»Ja er wird der Trost der Herzen!«

Das entzückte Rußland weinte
Hoher Freude Thränenbäche,
Und empfing gebognen Kniees
Diesen Knaben, küßet' ihn

Auf

Auf die Stirne, Mund und Augen.
Heldenmuth wird in ihm wachsen,
Wachsen wird in ihm die Schönheit!
Aller Herzen brennen schon
Reiner Liebe voll für ihn.
Wachse auf, du holder Knabe!
Wachse auf, du unser Halbgott!
Wachse auf, und werd' in Allem
Deinen biedern Aeltern ähnlich.
Wirst du ihrer Mutter gleichen,
Hast du Gottes Bild erreicht!

———

An meinen Nachbar.

Wen bewirthest du so süß
Mit der Wollust Gastgeboten
Auf den feuchten Newa-Inseln?
Unter dieser Bäume Schatten,
Unter Gold-durchwickten Perser-Zelten,
Aus chinesischem kostbaren Thon,
Aus den klaren Wiener Gläsern?
Und für wen verschwendest du
Alle Schätze deiner Kasse?

Lärmende Musik in Chören!
Auf dem leckern Tische thürmen
Ananas und Süßigkeiten,
Und der Früchte Menge sich;
Deine Sinne schwimmen in Entzücken,
Junge Dirnen nach der Reihe
Werden froh mit Wein bewirthet,
Aleatico, Schampagner,
Englisch Bier mit russischem gemischet,
Mosler-Wein mit Sälzer-Wasser.

In der kühlen Marmorgrotte,
Wo die Quelle murmelnd sprudelt,
Auf dem weichen Rosenlager,
Unter Müßiggang, Verzärtlung,
Von der Liebe froh entzücket,
Neben einer jungen, schönen,
Zarten Nymphe sitzest du.
Eingewiegt von ihren Liedern,
Wirst von Wollust du berauschet,
Schlummerst sanft ermattet ein.

Schlummernd täuschet dich ein Traum
Ew'ger Dauer deiner Freuden,
Wähnst, der Himmel selber streue
Dir die Bluhmen, nimmer werde
Eine Parze dir die Tage kürzen,
Und die Berge von Siberien
Immer neu' den Silberpacht dir bringen,
Goldner Regen immer sich ergießen.
Selig, der so froh am Morgen
Als er gestern war, erwacht.

Selig wer durch dieses Leben
An der Hand der Freude geht!
Aber selten nur befährt der Schiffer
Ohne Sturm das hohe Meer!
Ungewitter harren sein,
Thürmen Wellen auf zu Bergen,
Trüber Sand mischt sich mit ihrem Schaum.
Fichten, die einst Petersburg beschattet,
Fielen durch den Wirbelwind zersplittert,
Kehren jetzt die Wurzeln Himmel an.

Unbeständigkeit das Loos der Sterblichen,
Und Veränd'rung des Geschmacks ihr Glück;
Mitten unter zahllos neuen Freuden
Sehnen wir uns schon nach andern;
Kommen werden mißvergnügte Stunden,
Wo die Wolken sich auf deinen Wangen lagern;
Wo die Grazien dich nicht mehr streicheln;
Und vielleicht wird einst von dir getrennt,
Penelope den kaum gewirkten Teppich
Nicht wieder aus einander zupfen.

Müde

Müde wird das Schicksal werden
Dich zu wiegen und zu hätscheln,
Und nicht immer wird dir günst'ger Wind
In die Segel blasen, hüte dich!
Doch so lange noch die goldnen Stunden rollen,
Und Gesundheit auf der Wange blüht,
Iß und trinke, froher Nachbar!
Denn das Leben ist ein kurzer Traum,
Doch bedenke, daß nur tadellos die Freude,
Der die Reue niemals folgt.